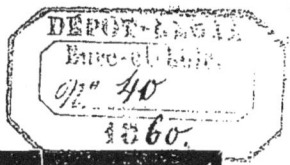

A LA MÉMOIRE

DE

M. PAQUERT,

VICAIRE-GÉNÉRAL

ET SUPÉRIEUR DU GRAND SÉMINAIRE
DE CHARTRES.

NOGENT-LE-ROTROU

IMPRIMERIE DE GOUVERNEUR, RUE DORÉE.

—

1860.

A LA MÉMOIRE

DE

M. PAQUERT,

VICAIRE-GÉNÉRAL

ET SUPÉRIEUR DU GRAND SÉMINAIRE DE CHARTRES.

———◇———

NOGENT-LE-ROTROU

IMPRIMERIE DE GOUVERNEUR, RUE DORÉE.

—

1860.

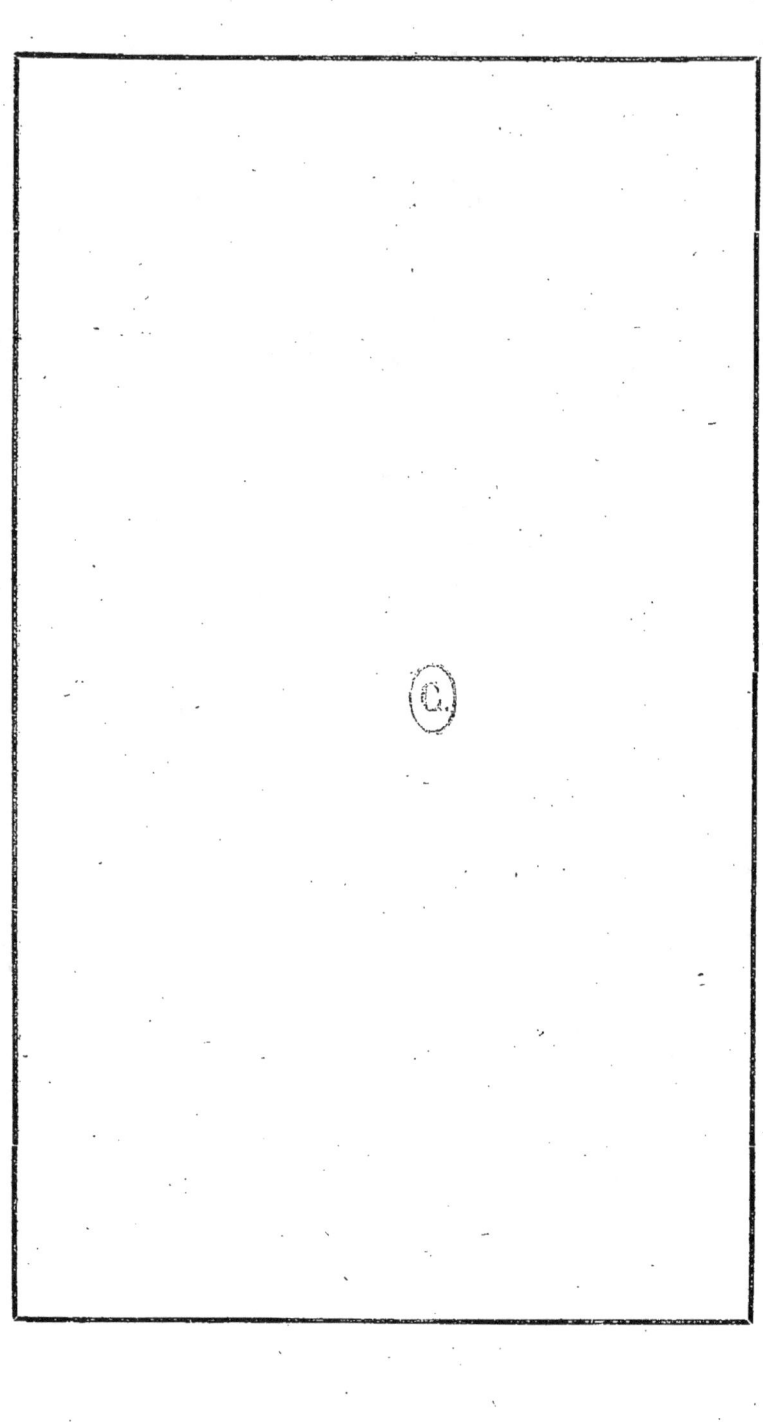

C.

À LA MÉMOIRE

DE M. PAQUERT,

Vicaire-général et Supérieur du grand séminaire
de Chartres.

PROLOGUE.

—

UN VIEUX SOUVENIR.

Il n'est point à mes yeux de spectacle plus grand
    Que les derniers combats d'une âme,
Qui, prête à s'élancer vers Dieu qui la réclame,
Lutte contre l'assaut d'un mal désespérant.

J'ai vu bien jeune encore une de ces batailles.
    Dans son séminaire abrité,
    J'avais échangé pour Versailles
Chartres, de ses honneurs alors déshérité.
Non, jamais ce tableau de touchante mémoire
    Ne s'effacera de mon cœur.

    Notre excellent Supérieur (1)
    Sur son calvaire expiatoire,
Souffrant et résigné, voyait venir la mort.
    Il était calme au milieu de l'orage,
    Et tout vaincu qu'il était, son courage
    Semblait plus puissant et plus fort.

(1) M. Verguin, alors supérieur du séminaire de Versailles, depuis
supérieur du grand séminaire de Chartres.

Pressés autour de lui, pâles par l'insomnie,
Comme nous écoutions cette voix affaiblie,
Qui voulait nous léguer avant le grand sommeil
Son humble repentir et son dernier conseil !
      Nous pleurions tous à chaudes larmes.

      Dieu bon le rendit à nos vœux ;
Comme autrefois chez le roi des Hébreux
De l'Ange menaçant il détourna les armes.

Il lui gardait encore une autre mission :
L'Apôtre vint ici remplir ses destinées ;
Puis enfin couronné de vertus et d'années,
Il quitta ses enfants, mûr pour l'autre Sion.

      Vous aussi dans vos séminaires,
      Jeunes Lévites, tout en pleurs,
Vous avez vu, sur son lit de douleurs,
      Étendu le meilleur des Pères.

Mais moins heureux que nous, vous avez tout perdu.
      Toute tremblante, en vain votre tendresse
      Exhalait ses cris de détresse ;
La mort ferma l'oreille et n'a rien entendu !

      Chez eux pourtant, ô Clémence infinie,
      Assez longtemps l'affreuse maladie
      Avait montré son visage hagard.
      Dans les souffrances de la vie
Leurs maîtres n'ont-ils pas payé leur quotepart ?
      Faut-il que son Église veuve,
      Livrée à tout son désespoir,
Quand le matin se trouve encor si loin du soir,
      Subisse la dernière épreuve ?
Donnez-leur comme à nous quelques jours de retard !
Il sera toujours vôtre ou plus tôt ou plus tard.

Notre Ressuscité pendant vingt ans encore
      A bien poursuivi son labeur ;

Quels fruits ne ferait pas éclore,
S'il nous restait, son jeune imitateur?
Ne sont-ils pas tous deux de la même famille?
Tous deux de ces Élus, sur qui, du Ciel ouvert,
Comme au front de Moïse, un double rayon brille,
Nés pour guider le peuple à travers le désert?
Au bout de sa course avancée
Le vieux Maître, en partant, sur cet autre Elisée
N'a-t-il pas jeté son manteau?
Fidèle donc à son drapeau,
Que l'Élève à son tour combatte dans l'arène!
Tant d'huile dans la lampe pleine
Reste encor pour notre flambeau!

Mais qui peut enchaîner les tempêtes subites
Et leurs ravages imprévus?
La mort fut sans pitié! Pleurez, jeunes Lévites,
Votre Chef, votre Ami, votre Père n'est plus!

————————

I.

L'ÉLÈVE ET LE SUPÉRIEUR.

Quel autre méritait une plus longue vie ?
Tout semblait préparé pour un vaste avenir ;
La maison sur le roc solidement bâtie
Contre les aquilons saura longtemps tenir.

Voyez : Dieu de ses dons a comblé son enfance ;
    Puis, l'appelant aux grands travaux,
    A sa rapide intelligence
    Lui-même ouvrit de la science
Les temples les plus saints et les plus purs canaux.

Dans un de ces parvis dont Lutèce est si fière,
Chartres en ces temps-là, sous les fils d'Emery,
    Avait aussi sa pépinière ;
Là marchait le premier l'élève favori !

    Les livres saints, les Conciles, les Pères,
L'histoire de l'Erreur ou de la Vérité,
    N'avaient point de secrets mystères
Que Dieu ne révélât à son activité.
Chaque jour joint sa part à ce qu'il vient d'apprendre ;
    Il sait et veut savoir encor.

    Mais la science est un trésor
Qu'on ne reçoit du ciel qu'afin de le répandre.

Ses compagnons d'abord accourent pour l'entendre ;
Plus tard, au bruit de ces échos,
Chaque cité, chaque école savante
De cette source jaillissante
Demande à partager les eaux.
Tous les jours s'agrandit son avide auditoire.
Sa riche et féconde mémoire
Ressemblait au rocher sacré
Où Moïse abreuvait tout un peuple altéré.

N'attendez pas de lui cette vaine éloquence
Qui s'évapore en stériles clameurs ;
Simple, net et précis, sans phrase ni jactance,
Il éclairait l'esprit, il entraînait les cœurs.

Mais pour présider à sa vigne,
Le Seigneur a besoin d'un habile ouvrier ;
Difficile est la tâche ; où sera le plus digne ?
La voix publique le désigne ;
Celui qui veille à tout ne pouvait l'oublier.

Ce n'est plus une simple chaire
Où l'orateur expose un modeste traité ;
Il faut rompre le pain à tout un séminaire ;
C'est du savoir divin l'universalité.

Va, mon ami, bannis tes craintes,
Comme autrefois le Sauveur, de ta main
Distribue à ces foules saintes
L'aliment dont elles ont faim.
Jamais pendant dix ans l'a-t-on vu se dédire ?
Venez, dites-nous le, vous qu'il a tant aimés,
Ses collègues dans l'art d'instruire,
Qu'à son image il a formés !
Son joug était si doux, si simple son empire !
Sa voix n'éclatait point en superbes propos ;
Devant son amitié tous étaient ses égaux !

Vous aussi, dites-le, saint collège de Prêtres,
Ses élèves jadis, aujourd'hui devenus
Par lui de vos troupeaux les miroirs et les maîtres,
Vous tous, qui lui devez, après Dieu, vos vertus!
Dites-nous son amour pour votre adolescence!
Chacun de ses moments pour vous était compté;
Dans quel cœur avez-vous trouvé plus d'indulgence,
Plus de facile prévenance
Plus d'intarissable bonté?
Vos livres offraient-ils à votre ardeur fidèle
Des devoirs accomplis un plus parfait modèle,
Une plus tendre piété?

Mais viendront, ô mon Dieu, les tempêtes subites
Et leurs ravages imprévus!
Dans vos cloîtres déserts pleurez, jeunes Lévites,
Cette voix s'est éteinte et ce cœur ne bat plus!

II.

LE GRAND-VICAIRE.

Glorieux héritier des Fulbert et des Yves,
J'applaudis certe à votre choix;
Que votre préféré conduise aux sources vives
Toute cette jeunesse attentive à ses lois.
Mais vous qui porteriez le ciel et ses deux pôles,
Saint Evêque, taillé pour dépasser cent ans,
N'imposez pas sur ses épaules
Quelque autre lourd fardeau qui l'use avant le temps.
Laissons-le suffire à sa peine;
Gardons-nous d'ajouter des anneaux à sa chaîne!
Mais dans sa longue course il demande un appui,
Lui seul doutait de sa verte vieillesse,
Et pour se réchauffer au feu de sa jeunesse,
Il le fait sur son trône asseoir auprès de lui.

L'humble Supérieur accepta sans murmures;
Que voulez-vous? son maître avait parlé!
Ce n'est plus seulement cent dociles natures
Qu'à guider il est appelé.
Il faut qu'il veille encor sur une église entière.
Son courage un moment n'avait pas hésité.
Pour fournir cette autre carrière
Il doublera d'activité.

De ces distinctions que le vulgaire admire
A-t-il jamais cherché l'éclat?
Les soucis de l'apostolat,
Voilà les seuls honneurs auxquels son âme aspire!

Dieu l'a traité comme il le désirait.
Voyages ou correspondance,
Saints établissements, églises en souffrance,
Personne en vain ne l'implorait;
Que la saison fût brûlante ou glacée,
Que le jour fût affreux ou la nuit avancée,
N'importe, il était toujours prêt!

Vous le savez, vous qui, dans vos villages,
Bons pasteurs, appelés si souvent à céder,
L'invoquiez contre les orages
Que de mauvais vouloirs sur vous faisaient gronder.
Pour vous toujours il tenait en réserve
De quelque bon conseil la sainte utilité;
Et faisant marcher de conserve
La douceur et la vérité,
Par son accueil et ses paroles
Il ménageait si bien tous ces emportements,
Que vous trouviez bientôt mille mains bénévoles,
Où naguère éclataient tant de ressentiments.

Vous le savez, ô vous que sa clémence
A tant de fois ramenés au devoir,
Dans le moment où le pouvoir
Allait frapper votre aveugle imprudence!

Au devant de ses coups on le voyait courir;
Ainsi le Fils de Dieu se jette débonnaire
    Entre le coupable et son Père,
Et laisse aux égarés le temps du repentir.

    Vous le savez, vous qui, dans vos hospices,
      Du pauvre adoucissant la faim,
    Petites Sœurs, avez, sous ses auspices,
Reçu tant de vieillards sans asile et sans pain !
    Et vous encor, dont il guidait la voie,
      Vous, anges gardiens des souffrants,
      Qui faites votre unique joie
    De consoler nuit et jour les mourants !

    Mais, ô témoins de ces merveilles,
Vous surtout, saints Prélats, que le Ciel tour-à-tour
    Nous a donnés dans son amour,
Prenez garde! bien cher on peut payer ces veilles!

Vous vous félicitez d'être si bien compris;
Comme à moi, ce trésor à vos yeux est sans prix;
Oui, mais n'oubliez pas les tempêtes subites
    Et leurs ravages imprévus!...
Pleurez, fils d'Aaron; pleurez, sœurs et lévites!
Ce savoir, cette ardeur, cette bonté n'est plus!

III.

LA MALADIE ET LA MORT.

    Sur un ciel pur et sans nuage
Nous comptions, comme si rien ne devait finir!
    Nous admirions tant de courage;
A chaque épreuve on le voyait grandir.
Mais la sourde vieillesse est venue avant l'âge.
L'homme est borné, si grand soit son désir!

Cette pensée incessamment active,
  Qui ne vivait que par son dévouement,
Des organes bientôt usa la force vive;
  La nature aux abois réclamait vainement.

Il est enfin tombé : sur sa tête brûlante,
  Sans pitié comme un noir vautour,
S'abattit tout-à-coup la fièvre dévorante!...
  Condamné dès le premier jour!...

Tremblants, tous les matins, nous venions pour apprendre
Si contre tout espoir nous devions espérer;
Les médecins émus voulaient nous rassurer;
Mais d'un corps épuisé que pouvaient-ils attendre?

Pendant de longues nuits l'héroïque martyr
Soutint sans murmurer cette lutte inégale;
Il avait si longtemps appris l'art de souffrir!
Mais enfin l'emporta sa terrible rivale.

Ce ne sont plus, hélas! que rêves incertains;
Cet esprit lumineux est couvert de ténèbres;
Le reconnaissez-vous à ces regards éteints?
  Hé quoi! sous ces voiles funèbres
  Cette belle âme, au moment du départ,
  Va-t-elle donc disparaître
Sans jeter sur les siens un suprême regard?
Quoi! pas un mot d'adieu de l'ami ni du maître!
  Pour nous, mon Dieu, ne le permettez pas!

    Mais à l'horloge redoutable
    Vient de sonner l'heure implacable;
    C'était la fin de ses combats !

Le Pontife éploré, qui l'aime comme un frère,
Au nom de Jésus-Christ expirant sur la croix,
Prononçait sur son front l'indulgence dernière;
Voici que sa raison se réveille à sa voix!

Soudain du haut des cieux une flamme divine
Descend sur lui; son regard s'illumine;
Il sourit doucement, et parcourant des yeux
Cette foule à genoux qui pleure et se lamente,
Il la bénit de sa main défaillante;
Puis soulevant sa paupière pesante
Sur l'ami généreux
Qui le soutient sur sa couche tremblante :
« O mon Père, je suis heureux! »
Et Dieu, les bras ouverts, le reçoit dans les cieux!
Soyez bénie, ô sainte Providence!
Le serviteur laborieux
Est allé recevoir là-haut sa récompense !

Mais nous, quand la mort sans pardon,
Autour de nous, dans ce val de misères,
Frappe à coups redoublés tant de têtes si chères,
Qui nous consolera dans ce triste abandon?
Amis, où retrouver sa tendre bienveillance,
Sa royale franchise, et ses soins empressés?
Et vous, souffrants, vous, délaissés,
Qui vous rendra sa douce tolérance?
Quelle main pansera les pauvres cœurs blessés?

Et vous, malheureux père, inconsolable mère,
Auprès de son lit funéraire
Du moins avez-vous pu recueillir ses adieux,
Presser sa main mourante et lui fermer les yeux?
De vos cheveux blanchis il était la parure !
N'avez-vous jusqu'ici prolongé vos vieux jours,
Que pour voir avant vous et malgré la nature
S'éteindre votre joie et vos chastes amours?

Les voilà donc ces tempêtes subites
Et leurs ravages imprévus !
Pleurez, parents, amis; vous Prêtres, vous Lévites,
Vous, saint Prélat, pleurez!... nous l'aimions!... il n'est plus!

ÉPILOGUE.

—

LE TRIOMPHE.

C'en est donc fait, pour la lumière
Il a quitté notre poussière!
A l'appel il a répondu!
Au milieu de ces funérailles,
Si nos yeux avaient pu secouer leurs écailles,
Quel tableau dans le ciel aurions-nous entrevu!

Quand il s'est présenté devant les saints portiques,
Tout ce Clergé chartrain, trop vîte disparu,
        Vêtu de ses blanches tuniques,
        A sa rencontre est accouru,
        Tenant des rameaux pacifiques.
C'est notre vieux Pontife avec sa jeune ardeur (1);
        C'est notre ancien Supérieur (2),
        Dont la vive sollicitude
        S'empresse autour du Travailleur
Qui l'a suivi dans son sentier si rude;
C'est notre doux et modeste Pasteur (3),
Cet ange aussi de la mansuétude,
        Et ce martyr de la douleur;
C'est encore (4), emporté dans la force de l'âge,
        Et son collègue et son ami,
        Si bon dans son brusque langage,
        Et dont le cœur jamais ne servait à demi;

(1) Mgr Clausel de Montals. — (2) M. Verguin. — (3) M. Lecomte.
— (4) M. Sureau.

Et cent autres comme eux délivrés de leurs chaînes,
Vicaires, Desservants (1), austères dignités,
(Car tous en nombre immense y sont représentés),
Purifiés au feu des misères humaines.

Comme ils pressaient les mains de leur hôte nouveau !
    Au premier rang de leur collége
    Ils l'ont admis, et le brillant cortége
Le conduit en triomphe au trône de l'Agneau !

Et nous pourrions encor pleurer sur tant de gloire,
Comme si sans espoir nous avions tout perdu !
A nous, enfants de Dieu, ce deuil est défendu.
Oh! comme un doux parfum conservons sa mémoire !

Avant d'aller à ceux que l'on nomme les morts,
De ce qu'il possédait il a fait le partage,
    A Dieu son âme, à nous son corps !
Voilà son testament, voilà notre héritage !
Ce fidèle dépôt sachons bien le garder.

Au grand jour, dégagé des terrestres mélanges,
    Quand sonnera la trompette des Anges,
Il viendra glorieux nous le redemander.
Jusque-là veillons bien sur ces saintes reliques,
    Entourons-le de nos cantiques,
    Que ce soit là notre étendart !
Des méchants près de lui nous braverons l'audace;
Et fier d'avoir produit une si noble race,
Chartres reposera derrière ce rempart!

Tous ces illustres morts entendent nos prières,
    Nous n'en sommes point séparés
    Par d'infranchissables barrières;
    Dans le sein de Dieu retirés

(1) MM. Cognery, Evette, Lesage, Pelerin, Guillard, Champion,
Baret, Blondeau, Gougis, etc., etc.

Ils goûtent les douceurs d'une paix ineffable ;
Mais parmi ses élus tel est l'ordre admirable,
L'Eternel pour eux seuls ne veut pas qu'ils soient saints ;
Eux aussi prennent part là-haut à nos chagrins ;
     Ils souffrent de nos meurtrissures,
     Ils aiment à sécher nos pleurs ;
Et lorsque par degrés s'apaisent nos douleurs,
C'est qu'ils ont épanché l'huile sur nos blessures.
Nous ne les voyons plus, il est vrai, de nos yeux ;
     Mais la route mystérieuse
Est là ! C'est de Jacob l'échelle merveilleuse ;
Son pied presse la terre et son front touche aux cieux.

     Tout est commun entre les deux églises ;
Pendant que l'ennemi nous poursuit de ses coups,
Ils nous montrent le ciel et leurs palmes conquises ;
Tous les jours leur pensée est au milieu de nous.

Non, non, je ne crains plus les tempêtes subites
     Et leurs ravages imprévus ;
Prêtres, ne pleurez plus, ne pleurez plus, Lévites !
Près de nous sont encor ces cœurs qu'on ne voit plus !

                             CALLUET.

Mai 1860.